1~2岁

U0116869

智慧红星100颗

主编 淼 海

编写 陈爱华

绘画 徐开云

上海科技教育出版社

智慧红星100颗

1～2岁

主编 淼 海

编写 小 洲

绘画 李 波

上海世纪出版股份有限公司

上海科技教育出版社 出版发行

（上海冠生园路393号 邮政编码 200235）

各地新华书店经销 上海图宇印刷有限公司印刷

开本: 889 × 1194 1/24 印张: 4

2006年8月第1版 2006年8月第1次印刷

印数: 1 － 6500

ISBN 7-5428-4029-0/G·2328

定价: 12.00元

追上妈妈喽

宝宝，你能追上妈妈和小狗吗？

做对了别忘填色，得五星哦！

宝宝，加油！
快要追上喽！

小提示：让宝宝追追跑跑，不仅锻炼了宝宝的腿部肌肉，无形中还培养了宝宝的竞争意识。

1

我和小狗一起走

✏️ 做对了别忘填色，得五星哦！

宝宝，和小狗一起走高兴吗？

宝宝，等等我！

2

小提示：妈妈可以为宝宝提供几样拖拉玩具，因为它比较适合宝宝锻炼走的能力。

捉 蝴 蝶

宝宝，你能捉住漂亮的蝴蝶吗?

做对了别忘填色，得五星哦!

宝宝，快来捉呀!

小提示：给宝宝一个目标，宝宝的兴趣会更高。

走 小 路

宝宝，你走过这条漂亮的小路吗？

✏️ 做对了别忘填色，得五星哦！

让我也来试一试！

小提示：让宝宝走一走彩色棒搭成的小路，这样可以锻炼宝宝的平衡性。

 爬 楼 梯

 宝宝，你会爬楼梯吗？

做对了别忘填色，得五星哦！

宝宝，加油！

小提示：宝宝练习爬楼梯时，妈妈要注意宝宝的安全，要多鼓励宝宝向上爬，不要制止。

5

爬山坡

宝宝，来试一试，好吗？

做对了别忘填色，得五星哦！

真好玩！

小提示：让宝宝多爬爬，可以提高宝宝四肢的协调能力。

我比爸爸爬得快

宝宝和爸爸，谁爬得快呢？

做对了别忘填色，得五星哦！

哇，宝宝加油！

小提示： 爸爸和宝宝经常一起做游戏，不仅会增进亲子情感，而且会给孩子带来力量与勇气。

7

摘 苹果

看一看，宝宝在摘什么水果呀？

做对了别忘填色，得五星哦！

哇，苹果好大呀！

小提示：宝宝说出了苹果，家长可以让宝宝踮踮脚，摘摘苹果。

 抛 彩 球

 宝宝，你会向上抛彩球吗？

做对了别忘填色，得五星哦！

宝宝好棒哟！

小提示：妈妈和宝宝一起玩抛彩球游戏，可以让宝宝体会到快乐与力量。

彩球抛给妈妈

宝宝把球抛给妈妈，好吗？

做对了别忘填色，得五星哦！

嗨，宝宝用力抛啊！

小提示：妈妈可以用安全的废旧物品，作为宝宝一物多玩的游戏玩具。

踢空罐头

做对了别忘填色，得五星哦！

宝宝，你能用小脚踢倒几个空罐头吗？

哇，宝宝踢中啦！

追 影 子

做对了别忘填色, 得五星哦!

妈妈的影子在哪里? 宝宝能追上吗?

妈 妈 的 影 子 会 变 噢!

小提示：追一追影子，看一看会动、会变的影子，既能锻炼宝宝的运动能力，又能激发宝宝的好奇心。

钻 山 洞

宝宝，你能钻过小山洞吗？

做对了别忘填色，得五星哦！

哈，钻过去啦！

小提示： 爸爸妈妈同宝宝一起玩，宝宝一定很兴奋哦！经常做此类游戏，可以有效地增进
同宝宝的亲情。

玩 盆 子

✏️ 做对了别忘填色，得五星哦！

咦，为什么这个盆放不进去？

嘻，放错啦！

小提示： 当宝宝分不清大和小的关系时，家长可以让宝宝反复尝试。

搭积木

宝宝，你会用积木搭房子吗？

做对了别忘填色，得五星哦！

小提示：妈妈还可以提供干净的纸盒、纸杯等，让宝宝来玩垒高的游戏，训练宝宝的空间想象能力。

宝宝手里的红瓶盖该盖在哪只瓶子上呢?

✏️ 做对了别忘填色，得五星哦!

可要仔细找噢!

小提示：提供给宝宝玩的每一只瓶子都要清洗干净。

 串圈圈

 宝宝，你能串起几个圈圈？

做对了别忘填色，得五星哦！

哇，我也要玩！

小提示：随着宝宝手指灵活性的增强，妈妈可以提供一些彩色圈圈、大珠子等，供宝宝玩耍。

17

转 风 车

做对了别忘填色，得五星哦！

咦，风车能转动！

18 **小提示**：这阶段宝宝喜欢有孔的或会转动的东西。妈妈可提供一些有此特点的小玩具，满足宝宝的好奇心。

小兔，请吃萝卜

宝宝，这是谁？你会请它吃什么？

做对了别忘填色，得五星哦！

嘻，小兔真好玩！

请吃胡萝卜。

小提示：这是一道常识小问题，经常进行这样的训练，可以使宝宝增加知识。

做对了别忘填色，得五星哦！

宝宝，这是谁？你会请它吃什么？

喵、喵、喵……

请吃鱼。

20

小狗，请吃骨头

做对了别忘填色，得五星哦!

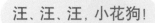

宝宝，这是谁？你会请它吃什么？

汪、汪、汪，小花狗!

请吃骨头。

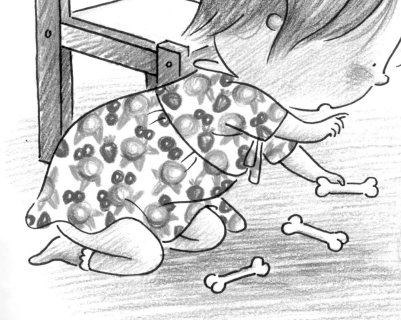

宝宝的衣服

宝宝说一说，这是什么？请涂上颜色。

哇，好漂亮耶！

小提示：这是一个简单的问题，不过宝宝也有可能回答错，要鼓励宝宝大胆回答。

宝宝的裤子

做对了别忘填色，得五星哦!

哇，这是什么？请涂上颜色。

哇，我也很想穿!

小提示：让宝宝随便涂涂，可训练宝宝的手指协调能力。

宝宝的袜子

做对了别忘填色，得五星哦！

这是什么？请涂上颜色。

我知道
这是什么。

宝宝的鞋子

做对了别忘填色，得五星哦!

这又是什么呢? 请涂上颜色。

穿上鞋子，走路多好!

宝宝的帽子

咦，这是什么？请涂上颜色。

做对了别忘填色，得五星哦！

戴上它，我就不会冷了。

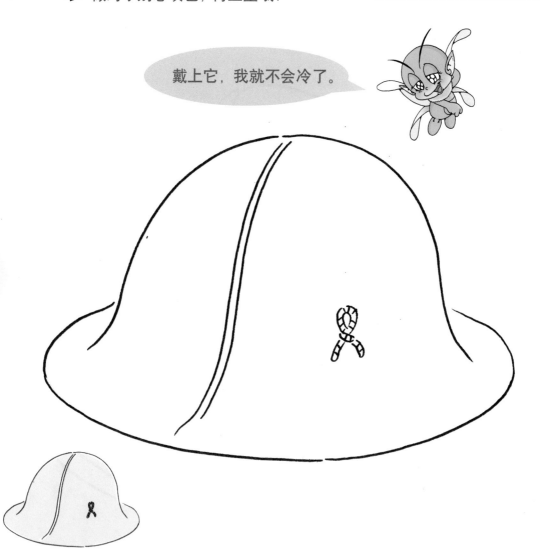

宝宝家的房子

 这是什么？请涂上颜色。

这是我的家吗？

做对了别忘填色，得五星哦！

哇，好漂亮！

大苹果

做对了别忘填色，得五星哦！

这香香的东西是什么呀？请涂上颜色。

哇，这是好吃的呀！

29

红色的皮球

红色的皮球在哪里？

✏️ 做对了别忘填色，得五星哦！

皮球、皮球,圆溜溜,我和宝宝来玩球。

小提示：主要训练宝宝对色彩的感知。家长还可以由此扩展，训练宝宝认识其他颜色。

黄色的小汽车

黄色的小汽车在哪里？快找一找。

做对了别忘填色，得五星哦！

嘀嘀叭叭，我们和宝宝来开车喽！

蓝色的蝴蝶

找一找，蓝色的蝴蝶在哪里？

做对了别忘填色，得五星哦!

我是一只蝴蝶，
飞来飞去，多快乐!

红色的小熊

做对了别忘填色，得五星哦！

红色的小熊在哪里？宝宝快来找一找！

我找到啦！

33

宝宝的小茶杯

说说看，杯子可以用来干什么呀？

✏️ 做对了别忘填色，得五星哦！

我也有一只小茶杯。

宝宝会喝水

做对了别忘填色，得五星哦！

宝宝，你会拿杯子喝水吗？

喝点水，嘴不渴啦！

宝宝的小梳子

宝宝，梳子可以用来干什么呀？

做对了别忘填色，得五星哦！

我也有一把小梳子。

宝宝会梳发

做对了别忘填色，得五星哦！

宝宝，你会梳头发吗？

梳梳发，我变漂亮啦！

小提示：让宝宝学着梳头，可以培养宝宝的自理能力。

37

宝宝的小毛巾

毛巾可以用来干什么呢？

我也有一条小毛巾。

38

宝宝会擦脸

宝宝，你会用小毛巾擦脸吗？

做对了别忘填色，得五星哦！

擦擦脸，我变干净啦！

宝宝的花枕头

小枕头可以用来干什么呀?

做对了别忘填色，得五星哦!

呼……

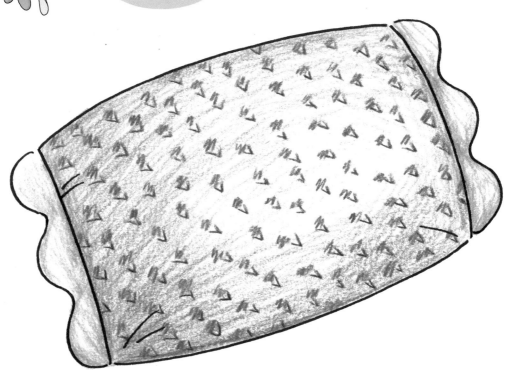

好吃的东西

做对了别忘填色，得五星哦!

宝宝，你最喜欢吃什么?

哇! 都是好吃的东西。

宝宝爱吃棒棒糖

宝宝，棒棒糖好吃吗？是什么味道？

做对了别忘填色，得五星哦！

哇，甜甜的，真好吃！

小提示：平时多问问宝宝，让宝宝多开口说话，可以培养宝宝的语言能力。

漂亮的玩具

宝宝，你喜欢什么玩具？用小手指一指！

做对了别忘填色，得五星哦！

哇！都是我喜欢的玩具。

宝宝喜欢小汽车

✏️ 做对了别忘填色，得五星哦！

宝宝，模仿一下汽车的喇叭声，叫一叫！

汽车开喽！

小提示：宝宝的认知从模仿开始，模仿各种各样的声音，可以提高宝宝的表达能力。

漂亮的气球

做对了别忘填色，得五星哦！

你喜欢什么颜色的气球？请指出来！

哇！漂亮的气球。

宝宝喜欢红气球

宝宝，你的气球会飞吗？

做对了别忘填色，得五星哦！

唉，我的气球飞不起来？

小提示：让宝宝拿着气球到草地上走走，对宝宝的健康有好处哦！

宝宝的亲人

他们是谁，宝宝喜欢他们吗？

做对了别忘填色，得五星哦！

他们都是宝宝的亲人呀！

小提示：宝宝生活中会接触到很多人，让宝宝认一认，说一说。

47

宝宝喜欢妈妈

宝宝，过来亲亲妈妈，好吗？

✏️ 做对了别忘填色，得五星哦！

亲亲妈妈，妈妈乐哈哈！

小提示：从小小的细节培养宝宝，让宝宝从小就懂得爱。

宝宝喜欢爸爸

宝宝，亲亲爸爸好吗？

做对了别忘填色，得五星哦！

亲亲爸爸,爸爸乐哈哈!

小提示：让宝宝学会料理自己的事，宝宝做错了，千万不要嘲笑。

宝宝喜欢爷爷

宝宝，让爷爷抱抱，好吗？

做对了别忘填色，得五星哦！

亲亲爷爷，
爷爷乐哈哈！

宝宝喜欢奶奶

宝宝，过来亲亲奶奶，好吗？

做对了别忘填色，得五星哦！

亲亲奶奶，奶奶乐哈哈！

宝宝自己尿尿

做对了别忘填色，得五星哦！

宝宝本领大，会坐上尿盆尿尿。

宝宝自己洗手

你会学着自己洗手吗?

做对了别忘填色,得五星哦!

手心搓搓,手背搓搓,小手变干净。

宝宝自己吃饭

 宝宝，你会学着自己吃饭吗？

做对了别忘填色，得五星哦！

大米饭喷喷香，宝宝啊呜啊呜吃得欢。

宝宝自己穿毛衣

宝宝，你会学着自己穿衣服吗？

做对了别忘填色，得五星哦！

我和宝宝来比赛，看谁衣服穿得快。

宝宝自己穿裤子

宝宝，你会学着自己穿裤子吗？

做对了别忘填色，得五星哦！

我和宝宝来比赛，看谁裤子穿得快。

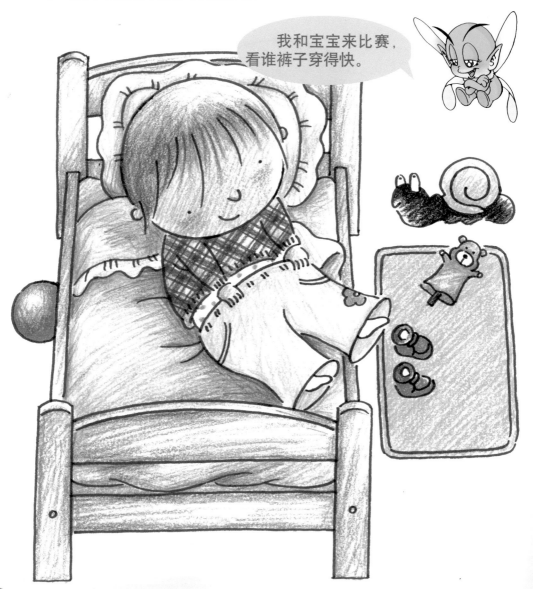

宝宝，你会学着自己穿鞋子吗？

做对了别忘填色，得五星哦！

我和宝宝来比赛，看谁鞋子穿得快。

宝宝送图书回家

图书的家在哪里？宝宝会送它们回家吗？

做对了别忘填色，得五星哦！

宝宝的图书回家喽！

小提示：将图书送回家，不仅能培养宝宝不乱扔图书的良好习惯，还能培养宝宝的责任感。

宝宝送积木回家

做对了别忘填色，得五星哦！

积木的家在哪里？宝宝会送它们回家吗？

我也来送它们回家。

59

小 汽 车

做对了别忘填色，得五星哦！

小汽车的家在哪里？宝宝会送它们回家吗？

我也来送它们回家。

布娃娃的家在哪里？宝宝会送它回家吗？

做对了别忘填色，得五星哦！

把布娃娃送给我吧！

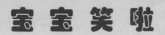

画上的小朋友，她怎么啦？

做对了别忘填色，得五星哦！

她很开心呀！

小提示：表情常常是内心的反映。让宝宝认识表情，告诉宝宝，妈妈喜欢宝宝什么样的表情。

画上的小朋友，她怎么啦？

做对了别忘填色，得五星哦！

她在"呜呜呜"哭喽！

嘻，宝宝真有趣!

做对了别忘填色，得五星哦！

宝宝会做怪脸吗？试一试！

我也要扮怪脸，真好玩！

扮 小 狗

宝宝会扮小狗吗？试试看！

做对了别忘填色，得五星哦！

汪、汪、汪，我是一只小花狗。

扮小猫

宝宝会扮小猫吗？

做对了别忘填色，得五星哦！

变变变，宝宝变成小花猫。

叽、叽、叽，宝宝变成小小鸡。

扮 小 鸭

宝宝会扮小鸭吗？

✏️ 做对了别忘填色，得五星哦！

哇，宝宝装得好像！

小 圆 子

宝宝和妈妈一起做小汤圆，好吗？

捏一捏，搓一搓，宝宝会做小汤圆！

70　　**小提示**：宝宝玩彩泥可以锻炼手指的灵活性，又能带来成功感和乐趣。

棒棒糖

宝宝和妈妈一起做圆圆的棒棒糖，好吗？

做对了别忘填色，得五星哦!

这种棒棒糖，
可不能吃哦!

71

拼苹果

宝宝来拼一拼，这是什么？

做对了别忘填色，得五星哦！

嘻嘻嘻，它可以吃吗？

小提示：这阶段宝宝可以拼 2～4 块的拼图。拼图游戏可以增强宝宝对物体的形象认知。

拼彩球

宝宝来拼一拼，这是什么？

做对了别忘填色，得五星哦！

它可以玩呢！

73

拼 小 鸭

做对了别忘填色，得五星哦！

宝宝来拼一拼，这是什么？

我有一只小小鸭！

花 蝴 蝶

宝宝和妈妈一起给蝴蝶穿上漂亮的衣服，好吗?

✏️ 做对了别忘填色，得五星哦!

花蝴蝶，飞呀飞。

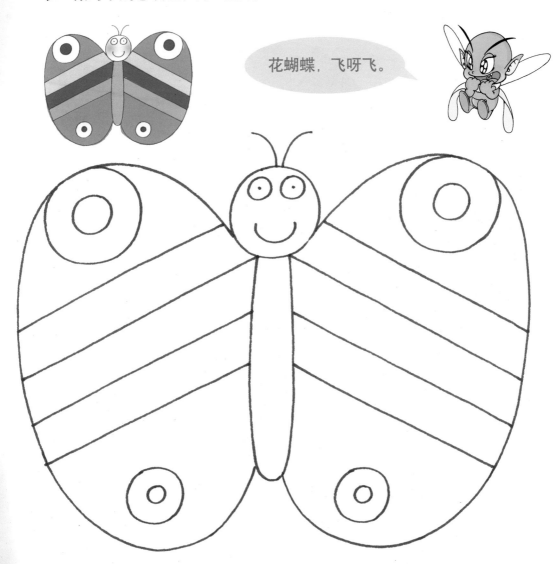

小提示：准备一些水彩颜料和小抹布等，妈妈鼓励宝宝用手指蘸色，让宝宝大胆地在画面上用手指点画。

圆圆的泡泡

做对了别忘填色，得五星哦！

宝宝和妈妈一起给小金鱼画上圆圆的泡泡，好吗？

小金鱼，游啊游，
吐出泡泡，圆溜溜。

小提示：可以用手指蘸色画画，添加圆圆的泡泡。

小围兜

做对了别忘填色，得五星哦！

瞧，我的围兜真漂亮！

提示：用彩色纸剪出各种形状，鼓励宝宝在画面上贴一贴，锻炼宝宝的手指肌肉。

小花帽

宝宝将小花帽打扮得漂亮些，好吗？

✏️ 做对了别忘填色，得五星哦！

瞧，我的小花帽漂亮吗？

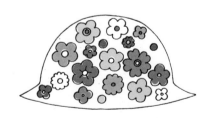

小提示：可以用彩纸粘贴法打扮小花帽。

花 皮 球

做对了别忘填色，得五星哦！

宝宝用彩笔来画画好吗？

瞧，我也有
一支笔噢！

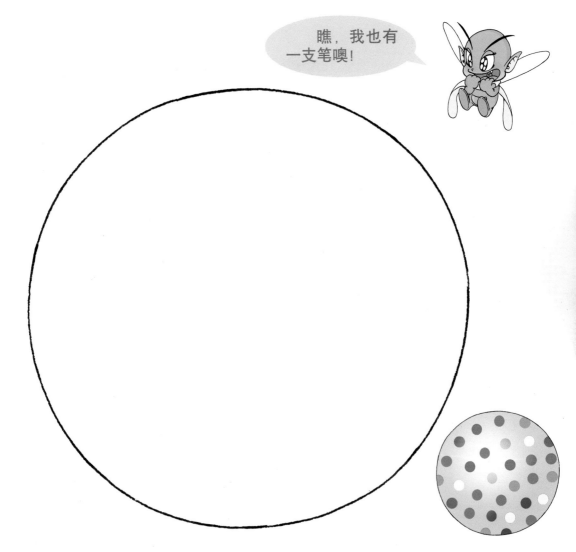

提示：准备彩色蜡笔若干支，宝宝和妈妈一起来涂涂画画。

妹妹的花发夹

做对了别忘填色，得五星哦！

宝宝，用彩笔把妹妹的花发夹变得漂亮些好吗？

照着涂颜色哟！

小 背 心

宝宝用彩笔来打扮自己的小背心，好吗？

做对了别忘填色，得五星哦！

宝宝，可要画得漂亮些喔！

小提示：妈妈可以帮助宝宝学习运笔能力。

小羊的新衣

宝宝会给小羊穿上漂亮的新衣服吗？

做对了别忘填色，得五星哦！

咩、咩，我是一只漂亮的小羊！

听 音 乐

宝宝，听听音乐拍拍手好吗？

做对了别忘填色，得五星哦！

可要跟着音乐的节拍喔！

提示： 和宝宝一起欣赏简短而又有形象感的音乐，合着节奏拍拍手、跳跳舞，感受音乐带来的快乐。

83

你好！小乌龟

宝宝，你会向小乌龟问好吗？数一数有几只小乌龟？

做对了别忘填色，得五星哦！

一、二、三……

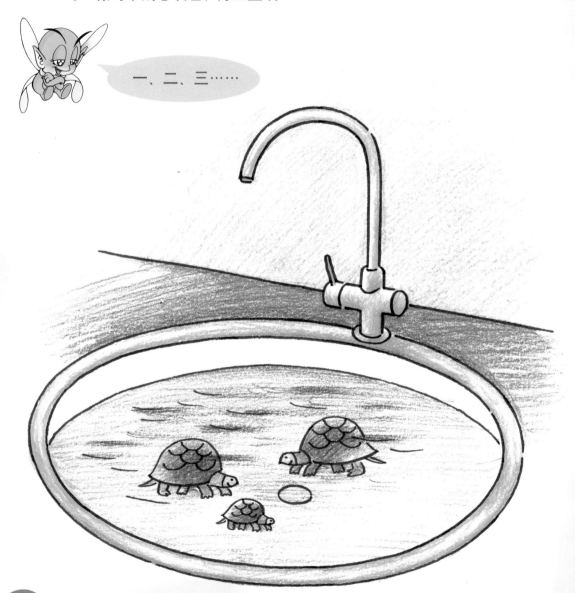

小提示： 宝宝天性喜欢动物。可以创设机会，让宝宝多亲近动物，感受动物世界的有趣和神奇。

你好！小兔

宝宝，你会向小兔问好吗？小兔喜欢吃什么？

做对了别忘填色，得五星哦！

我也爱吃青菜和萝卜。

小提示：妈妈可以问问宝宝，宝宝喜欢吃什么。还可以告诉宝宝：各种食物有不同的营养，偏食对身体有害。

你好！小猴

宝宝，你会向小猴问好吗？小猴在干什么呀？

做对了别忘填色，得五星哦！

我比小猴骑得快！

你好！大象

✏️ 做对了别忘填色，得五星哦!

宝宝，你会向大象伯伯问好吗？大象伯伯有什么本领?

哇，我只有大象鼻尖那么大呀!

你好！长颈鹿

做对了别忘填色，得五星哦！

宝宝，你会向长颈鹿问好吗？
长颈鹿伸长脖子在干什么？

长颈鹿个子真高！

88

滚皮球

做对了别忘填色，得五星哦！

宝宝，你会和小伙伴一起滚皮球吗？

你滚过来，我滚过去，真好玩！

开汽车

宝宝，你会和小伙伴一起开小汽车吗？

做对了别忘填色，得五星哦!

请让开，小汽车开来喽!

翘 翘 板

宝宝，你会和小伙伴一起玩翘翘板吗？

做对了别忘填色，得五星哦！

翘翘板，翘啊翘，一头翘得比天高。

选 小 勺

宝宝，你该拿什么呢？

✏️ 做对了别忘填色，得五星哦！

呀，该怎么吃？

小提示："看一看，找一找"的游戏，可以帮助宝宝进一步认识常见物品的功用，逐渐提升宝宝对事物的认知能力。

宝宝再见！

小精灵再见！